Le secret du vent

*À ma squaw descendue des montagnes
pour m'accompagner dans les plaines.*
M. Cantin

*Pour Emilio et son orchestre :
Caroline, Guido et Flora.*
S. Pelon

Les mots du texte suivis du signe * sont expliqués
sur le rabat de couverture.

www.editions.flammarion.com

© Éditions Flammarion pour le texte et l'illustration, 2007
87, quai Panhard et Levassor – 75647 Paris Cedex 13
Dépôt légal : février 2007 – ISBN : 978-2-0816-3487-9
Loi n°49-956 du 16 juillet 1949 sur les publications destinées à la jeunesse

Marc Cantin

Sébastien Pelon

Le secret
du vent

CASTOR POCHE ⊚ Flammarion

Chapitre 1

Baiser volé

Les enfants de la tribu ont formé un large cercle. Au centre, Fati est assise en tailleur, les yeux bandés. Le silence règne entre les tipis. Les jeunes Indiens désignent Nitou du doigt.

C'est à son tour de tenter d'aller toucher Fati, sans qu'elle parvienne à le repérer.

À quatre pattes, le plus discrètement possible, Nitou s'avance vers le centre du cercle. Doucement. Tout doucement. Il y est presque… mais Fati possède des oreilles de renard, et elle se retourne au dernier moment :

– Ici ! crie-t-elle en lui attrapant le bras. Nitou se fige et se retrouve nez à nez avec son amie. Fati retire son bandeau, tout heureuse de sa victoire :

– Tu as perdu, Nitou ! dit-elle.

Et voilà qu'emportée par sa gaieté, Fati embrasse le jeune Indien sur le bout du nez !

Évidemment, ce baiser n'échappe à personne.

– Ha ! ha ! Regardez ! s'exclame Nawo. Fati et Nitou sont amoureux !

– Fati et Nitou sont amoureu-eux ! Fati
et Nitou sont amoureu-eux ! reprennent
en chœur tous les jeunes Indiens.

Nitou devient le peau-rouge le plus
rouge de tous les temps ! Il sent son
visage s'enflammer ! D'un bond, il se
relève et quitte le cercle.

– Nitou ! Attends ! l'appelle Fati.

Mais Nitou sans se retourner continue à courir comme un lièvre. Il s'enfuit vers la forêt.

Fati a embrassé Nitou sur le bout du nez. Nitou s'enfuit vers la forêt sous les moqueries de ses camarades.

Chapitre 2

Une étrange mélodie

Nitou s'arrête enfin. Seul dans la forêt, il s'adosse à un arbre et reprend son souffle. Puis il touche le bout de son nez, juste à l'endroit où Fati l'a embrassé.

« Tacatacatactactac… »

Quelque chose le fait sursauter. Le jeune Indien reconnaît très vite le bruit du bec du pivert sur le bois. Mais celui-ci est bientôt remplacé par une douce mélodie, un sifflement plein de nuances, comme un chant aigu.

Intrigué, Nitou entreprend d'élucider ce mystère. Guidé par la musique, il se rapproche d'une clairière. À quatre pattes, le plus discrètement possible, il s'avance vers le centre de la petite prairie, où trône un vieil arbre mort.

– L'arbre chante ! murmure Nitou en ouvrant de grands yeux.

Nitou s'approche encore et découvre qu'un pivert a percé les branches à plusieurs endroits. Le vent, en s'y engouffrant, produit une musique harmonieuse.

– Inutile de te cacher, se moque le pivert. Si tu espères me surprendre, il faudra être plus discret !

Nitou se relève en soupirant. Décidément, il doit encore s'entraîner !

– S'il te plaît, demande-t-il au pivert, pourrais-tu m'apprendre ton secret ?

– Si tu as sur toi un couteau aussi pointu que mon bec, ça devrait être possible, affirme l'oiseau.

Nitou sort le coutelas* que son père lui a offert le premier jour du printemps.

Le pivert se pose à côté de lui, une branche entre les pattes. Le jeune Indien commence alors à creuser le bois en suivant les conseils de son professeur.

Une fois le travail achevé, l'oiseau reprend :

– Et maintenant, à toi de jouer, tu vas devoir remplacer le vent.

Nitou gonfle ses poumons et porte la flûte à ses lèvres. Des sifflements s'élèvent dans la clairière… juste quelques notes en désordre, sans queue ni tête, hésitantes et pas très harmonieuses.

– Hélas, je ne connais aucun air, se lamente Nitou.

– Ha ! Ha ! ricane le pivert. Tu dois trouver l'inspiration* pour créer une mélodie.

– L'inspiration ? s'étonne Nitou.

– Compose un air en l'honneur de quelqu'un. Tu verras, ce sera plus facile, lui conseille l'oiseau avant de s'envoler.

Aidé par le pivert, Nitou a fabriqué une flûte. Il lui faut maintenant composer un air, mais ce n'est pas si facile.

Un grizzli très bougon

Sa flûte à la main, Nitou s'enfonce dans la forêt.

– Qui pourrait bien m'aider à trouver l'inspiration ? s'interroge-t-il.

Nitou réfléchit.

Il tourne et retourne la question dans sa tête, quand une idée lui vient :
– L'animal le plus fort, c'est le grizzly, dit-il. C'est lui que je dois aller voir !

Nitou poursuit donc son chemin jusqu'à la grotte du vieux grizzly. Ce dernier l'accueille d'un air soupçonneux.

– Qu'est-ce que tu veux, gamin ? grogne-t-il.

– Excusez-moi de vous déranger, explique Nitou, j'ai un nouvel instrument de musique et je voudrais composer un air en votre honneur.

– En mon honneur ? répète l'ours d'un air bougon. Tu n'essaierais pas plutôt de me casser les oreilles ?

– Non, non, assure le jeune Indien, je cherche seulement l'inspiration.

– Alors dépêche-toi, car je n'ai pas de temps à perdre avec tes histoires. Tu crois peut-être que mon travail va se faire tout seul ? J'ai encore du miel à récolter avant l'hiver, et des myrtilles à cueillir, et du poisson à pêcher, et…

Tandis que le grizzly débite son impressionnant emploi du temps, Nitou se concentre. Il regarde l'ours dans les yeux et souffle dans sa flûte. Hélas ! l'air qu'il joue ressemble au chant d'une vieille chouette enrouée.

– C'est bien ce que je disais, se plaint le grizzly, tu veux me crever les tympans !

– C'est vous qui avez un sale caractère, proteste Nitou. Je n'arrive pas à trouver l'inspiration.

– Moi ? Un sale caractère ! se fâche le grizzly. Petit insolent !

Nitou ne demande pas son reste. Il part en quatrième vitesse pendant que le grizzly promet de lui botter les fesses !

Dans sa quête d'inspiration, Nitou a dérangé le grizzly et l'a mis de très, très mauvaise humeur.

Un aigle prétentieux

Sa flûte sous le bras, Nitou sort de la forêt.

– Qui pourrait m'aider à trouver l'inspiration ? s'interroge-t-il.

Nitou réfléchit.

Il tourne et retourne la question dans sa tête, quand une idée lui vient :
– L'animal le plus adroit, c'est l'aigle, dit-il. C'est lui que je dois aller voir !

Nitou poursuit donc son chemin sur le flanc* d'une montagne. Au sommet, un aigle au regard fier l'accueille.
– Qu'est-ce que tu veux, petit Indien ? demande-t-il.

– Excusez-moi de vous déranger, explique Nitou, j'ai un nouvel instrument de musique et je voudrais composer un air en votre honneur.

– En mon honneur ? répète l'aigle en gonflant ses plumes. Voilà un très bon choix, mais j'espère que ton talent sera à la hauteur de mon adresse.

– Je souhaite ne pas vous décevoir, assure le jeune Indien. Je ferai de mon mieux.

– Très bien, mais n'oublie pas d'évoquer mon regard perçant, mes grandes ailes, mes plumes magnifiques, mes serres puissantes, ma rapidité…

Tandis que l'aigle dresse la liste de ses qualités, Nitou se concentre. Il regarde le rapace droit dans les yeux et souffle dans sa flûte. Hélas ! l'air qu'il joue est complètement faux ! C'est une véritable cacophonie*.

– C'est abominable ! se plaint l'aigle.
Que se passe-t-il ?

– C'est parce que vous êtes trop prétentieux, soupire Nitou. Je n'arrive pas à
trouver l'inspiration.

– Moi ? Prétentieux ! se fâche l'aigle.
Petit insolent !

Nitou ne demande pas son reste. Il part en quatrième vitesse, pendant que l'aigle promet de lui écorcher les fesses !

Nitou rencontre l'aigle au sommet de la montagne, mais lui non plus ne l'inspire pas.

Le chant du coyote

Sa flûte coincée dans sa ceinture, Nitou s'éloigne de la montagne.

– Qui pourrait donc m'aider à trouver l'inspiration ? s'interroge-t-il.

Nitou réfléchit.

Il tourne et retourne la question dans sa tête, quand soudain une idée lui vient :

– L'animal le plus débrouillard, c'est le coyote, dit-il. C'est lui que je dois aller voir !

Nitou poursuit donc son chemin vers la plaine. À l'ombre d'une colline, le coyote l'accueille avec un sourire malin.

– Qu'est-ce que tu veux, jeune Indien ? demande-t-il.

– Excusez-moi de vous déranger, explique Nitou, j'ai un nouvel instrument de musique et je voudrais composer un air en votre honneur.

– En mon honneur ? répète le coyote en dressant ses oreilles. Pourquoi pas… Après tout, j'ai une vie aussi passionnante que d'autres, et je mérite bien une chanson.

– Je suis heureux que vous acceptiez, assure le jeune Indien. J'appellerai cet air « le chant du coyote ».

– Magnifique ! Mais tu devras raconter comment j'ai réussi à piéger un lièvre la semaine dernière, avant de le dévorer tout cru. Quel délice ! Surtout les pattes !

– Et n'oublie pas de parler de la fois où, grâce à mon flair, j'ai trouvé une vieille carcasse* de bison avant les vautours ! Quel festin ! Et le jour où…

Pendant que le coyote énumère ses souvenirs de chasse, Nitou se concentre. Il regarde l'animal droit dans les yeux et souffle dans sa flûte.

Hélas ! l'air qu'il joue ressemble davantage à des pleurs de bébé en colère qu'à de la musique !

– C'est horrible ! se plaint le coyote. Personne ne voudra écouter ça !

– C'est parce que vous êtes trop cruel, soupire Nitou. Je n'arrive pas à trouver l'inspiration.

– Moi ? Cruel ! se fâche le coyote. Petit insolent !

Nitou ne demande pas son reste. Il part en quatrième vitesse pendant que le coyote promet de lui mordre les fesses !

L'air qu'il lui inspire est si laid que, cette fois, Nitou s'attire les foudres du coyote.

Une mélodie pour Fati

Nitou regarde sa flûte d'un air triste.
– Jamais je n'arriverai à faire siffler cet instrument aussi bien que le vent.

En traînant les pieds, il traverse la plaine et regagne le village.

– Nitou ! Nitou ! l'appelle une voix.

Fati vient vers lui en courant.

– Je t'ai cherché partout, lui dit-elle.

– Vraiment ? s'étonne le jeune Indien.

– Je… je voulais m'excuser, explique Fati en baissant la tête. Je suis désolée de t'avoir embrassé sur le nez tout à l'heure.

– Ce n'est pas grave, la rassure aussitôt Nitou. Ce sont les autres qui sont stupides de s'être moqués de nous.

– Alors… tu ne m'en veux pas ? se réjouit Fati.

– Non ! Au contraire !

– Au contraire ? répète-t-elle.

– Euh… je voulais dire… enfin… tu comprends… bafouille Nitou en agitant ses bras dans tous les sens.

– Oh ! Qu'est-ce que c'est ? demande Fati en remarquant la flûte que son ami tient à la main.

Nitou lui explique alors toutes ses mésaventures.

– Je suis allé voir le grizzly, l'aigle et le coyote, mais aucun d'entre eux ne m'a donné l'inspiration pour composer un air de musique.

– Et si tu en inventais un pour moi ? propose la jeune Indienne.

Nitou sent son visage se transformer en tas de braise. Et son cœur tambourine dans sa poitrine : un vrai tam-tam. « Peut-être mon cœur essaie-t-il de me donner le rythme », songe-t-il. Alors il se concentre, regarde Fati droit dans les yeux et souffle dans sa flûte. Les premières notes s'envolent, aussi légères que des plumes soulevées par le vent.

Peu à peu, une mélodie joyeuse s'élève dans la plaine. Même les oiseaux cessent de chanter. Même les bisons relèvent la tête. Même la rivière arrête de couler.

– Cette musique est vraiment magnifique, murmure Fati. Je n'ai jamais rien entendu de si beau.

– C'est grâce à toi, lui chuchote Nitou.
Tu me donnes l'inspiration.

Fati s'approche alors de son ami et
l'embrasse une nouvelle fois sur le
bout du nez.
– Si tu es d'accord, nous appellerons
ce nouvel instrument « *siotantka* », sug-
gère Fati.
– « Le bois qui chante » ! Quelle bonne
idée ! s'exclame Nitou.

Alors il s'assoit en tailleur avec Fati et souffle à nouveau dans la *siotantka* sans plus quitter son amie des yeux… et tous les Indiens de la tribu des Ptitipis s'avancent vers eux, à quatre pattes, le plus discrètement possible, intrigués et attirés par ce chant mélodieux, si doux, si doux…

Sans un bruit, ils forment un grand cercle autour des deux enfants et écoutent la musique du « bois qui chante » s'envoler vers les nuages.

❶ L'auteur

Marc Cantin :

« La musique possède un grand pouvoir. Le chant d'un oiseau peut nous rendre gai comme un pinson ! Mais si l'on est seul à la maison, un soir d'orage, une petite musique aiguë nous fait dresser les cheveux sur la tête ! Alors, on siffle un petit air joyeux pour se donner du courage. La mélodie du vent dans les feuilles nous rend songeur et une musique bien rythmée nous donne envie de danser.

Mais le plus grand plaisir reste sans doute celui de jouer d'un instrument. Quelle fierté de parvenir à interpréter un morceau au piano ou à la guitare après des semaines (ou des mois) d'efforts. Quelle récompense d'entendre les applaudissements de son public (même peu nombreux) ! Car la musique, c'est avant tout une manière d'exprimer ses émotions, sa personnalité, ou, comme Nitou, ses sentiments.
Voilà pourquoi il faut être indulgent avec les musiciens, même les moins doués ! »

❷ L'illustrateur

Sébastien Pelon :

« À l'école, on m'a fait jouer de la flûte mais je n'ai jamais réussi à sortir une note. Non, moi je voulais apprendre la batterie, mais ma mère ne m'a jamais encouragé !
Alors, j'ai renoncé à ma carrière dans la musique, je me contente d'écouter des disques... et c'est probablement mieux pour tout le monde ! »

Table des matières

2ème édition
Achevé d'imprimer en janvier 2008,
chez Clerc (France).